———,

너를
사랑하고
사랑해

____, 너를 사랑하고 사랑해

세상의 모든 소중한 마음을 담아

초 판 1쇄 2024년 07월 18일

지은이 김종일
펴낸이 류종렬

펴낸곳 미다스북스
본부장 임종익
편집장 이다경, 김가영
디자인 임인영, 윤가희
책임진행 이예나, 김요섭, 안채원
일러스트 곰솜이 @gomsom__e

등록 2001년 3월 21일 제2001-000040호
주소 서울시 마포구 양화로 133 서교타워 711호
전화 02) 322-7802~3
팩스 02) 6007-1845
블로그 http://blog.naver.com/midasbooks
전자주소 midasbooks@hanmail.net
페이스북 https://www.facebook.com/midasbooks425
인스타그램 https://www.instagram.com/midasbooks

ISBN 979-11-6910-732-7 03810

값 18,000원

미다스북스는 다음세대에게 필요한 지혜와 교양을 생각합니다.

,

너를 사랑하고 사랑해

김종일 에세이

미다스북스

–

당신의 하루를 꼭 안아주고 싶은

마음을 담아 전합니다.

1장

나, 스스로를 평생 사랑할 수 있도록

2장

관계, 결이 비슷한 사람과 함께할 수 있도록

3장

삶, 행복의 기준을 찾아 누릴 수 있도록

4장

사랑, 그럼에도 불구하고, 사랑할 수 있도록

우리는 처음이고,
인생은 한 번뿐이니까

행복과 사랑을 느끼며 이 세상을 살아가기 위해서 감정 표현이 정말 중요하다고 생각한다. 타인에게 감정을 올바르게 표현하며 성숙한 관계를 맺고, 사랑이라는 감정을 나누기 위해서는 '나' 자신에게 먼저 솔직해야 한다.

습관처럼 '괜찮아'라고 말하거나 작은 일에 불안해하며, 슬픈 감정을 억지로 참는 나를 돌아보면, 스스로에게 얼마나 무신경했는지 깨닫게 된다. 바로 거기서부터 나를 알아가는 과정이 시작된다. 자신의 감정을 자세히 살피고 올바른 방법으로 표현할 줄 알아야 나만의 색을 찾을 수 있다.

'나' 자신을 온전히 인정하고 사랑하게 되어 누구보다 나를 잘 알게 되었을 때, 비로소 인간관계에 자신감이 생기고, 나와 결이 비슷한 사람을 구분할 수 있는 눈이 생긴다. 결이 비슷한 사람을 만났을 때, 그 이상적인 관계를 지속하고 발전시키기 위한 과정에도 용기 있는 감정의 표현은 꼭 필요하다. '고맙다', '미안하다', '좋아한다', '보고 싶다', '사랑한다'. 낯간지럽더라도 예쁘고 소중한 감정을 아끼지 말고 잔뜩 표현해야 한다. 왜냐하면, 결이 비슷한 사람과 사람이 만나 행복한 순간을 만들어 나가는 것이 '낭만'이며 그 안에서 행복을 느끼며 살아가는 것이 인생이기 때문이다.

자신을 알아가고, 결이 비슷한 사람을 만나고, 행복의 기준을 찾아 도전하며 성숙한 사랑을 찾아가는 과정이 쉽지만은 않을 것이다. 그 과정에서 여러 번 넘어지고, 울고, 길을 잃었으면 좋겠다. 넘어지면 일어나고, 눈물은 닦으면 되고, 잃은 길은 다시 찾으면 되니까. 어차피 우리의 인생은 처음이고, 처음이라는 핑계로 마음껏 서툴러도 되니까. 어차피 우리의 인생은 한 번이고, 한 번이라는 핑계로 후회를 남겨서는 안 되니까.

1장

나,

스스로를 평생 사랑할 수 있도록

"이 세상에 아무 조건이나 대가 없이
'나' 스스로를 평생 사랑할 수 있는 사람은 '나' 자신뿐이다.
그러니 스스로를 거침없이 사랑하고 아껴주었으면 한다."

그만 괜찮았으면

거침없이, 누구보다 행복해야 하는 시간 속에 '나'를 잃어가며 살아가지 않았으면 한다. 자신의 한계를 감히 정하지 말고, 스스로가 어떤 일에 심장이 뛰고, 웃을 수 있는지 깨닫고 부지런히 온몸으로 느끼기를 바란다. 오늘 행복해 봐야 내일도 행복할 수 있다. 행복해 본 사람이 행복을 지킬 줄 아는 법이다. 행복과 멀어지며 스스로를 속이는 '괜찮아'라는 말은 이제 정말 그만해도 괜찮다. '괜찮다'라고 여겨 버리기에 세상에 별것 아닌 일은 없으니까. '괜찮다'라고 무시하기에 세상에 내가 원하는 것들은 많을 테니까.

1 "괜찮아."라고 답했지만 사실 괜찮지 않았던 경험이 있는가?

현재가 중요한 진짜 이유

과거에 묶여 사는 일은 꼭 그만두었으면 좋겠다. 지금의 내가 아직 빛나지 못한다고 해서 과거를 후회하며 시간 낭비하지 않았으면 한다. 과거로 돌아가고 싶어 하는 지금 나의 모습이 미래의 내가 돌아가고 싶어 할 또 다른 과거의 모습이 되지 않으려면.

2 기억 없이 과거로 돌아간다 vs 현재를 산다,

둘 중 하나를 선택해보자. 선택한 이유는 무엇인가?

사랑을 하고 싶다면

사랑하는 사람끼리 닮아간다는 말이 있다. 친밀감, 유대감이 형성된 관계의 사람들은 서로 뇌파가 닮아가기 때문이다. 상대를 사랑한다는 것은 '나와 뇌파가 닮아진 상대를 나의 일부로 생각하고 소중히 여기는 현상'이다. 즉, 나 자신을 사랑해야 상대를 사랑할 수 있게 된다는 말이고 스스로를 더 자세히 사랑할 때, 상대 또한 깊이 사랑할 수 있게 된다. 타인을 사랑하고 싶다면 자신을 먼저 사랑하면 된다.

3 내가 봐도 사랑스러운 나의 모습 세 가지는 무엇인가?

자존감이란

타인의 인정이 아니라 자신의 가능성을 온전히 믿어주는 힘이야. 그 누가 뭐라 해도 네가 네 자신을 믿어줘야지. 아무도 못 해, 자기 자신 말고는.

4 남들보다 잘할 수 있는 장기 세 가지는 무엇인가?

에메랄드

누군가가 나에게 에메랄드 같은 사람이라고 말해주었다. 사람이 참 맑은데, 깊이가 있다며. 나의 가치를 말하지 않아도 알아봐 주는 사람들 속에서 따뜻함을 느끼며 살아갔으면 한다. 보석은 스스로 증명하지 않아도 빛나는 법이니까. 그 가치를 아는 사람들 속에서는 한없이 귀한 존재니까. "너는 보석이야."

5 나와 가장 닮은 보석이 있다면 적어보자.

그 이유는 무엇인가?

이미 넌 존재 자체로 더할 나위 없이 가치 있고,

사랑스러운 사람이야. 그러니 마음껏 빛났으면.

자신을 사랑하기 위한 숙제

우리는 자기의 감정을 들여다볼 필요가 있다. 그저 피하고 무시하기에는 너무 중요한 일이기 때문이다. 정작 스스로는 이해 못 하면서, 타인만을 이해하던 삶은 잠시 접어두고 자신을 위해 조금 더 자세히, 정성 들여, 천천히. 그동안 감춰두었던 감정들을 하나씩 토닥토닥 안아주자.

6 지난달에 가장 행복했던 기억과

가장 우울했던 기억은 무엇인가?

네가 주인공이니까

이 세상에서 가장 소중한 사람은 너야. 그 누구도 상처를 줄 수 없고, 어떤 이에게도 상처받지 않았으면 한다. 오늘 하루도 안녕하기에 자랑스러운 스스로를 가장 많이 아끼고, 사랑해 줬으면 해. 적어도 네 인생에서는 네가 가장 빛나는 주인공이라는 사실을 절대 잊지 않았으면 해. 주인공의 삶은 쉽지 않아도 보통 해피 엔딩이라는 사실도 잊지 않았으면.

7 잠깐 일어나서 거울로 가 거울에 비친 자기 눈을 마주치며 자신의 이름을 넣어 “○○○, 네가 주인공이야. 사랑해.” 세 번 소리 내어 말하기. 쑥스러운 말을 해본 소감 적기.

어른이 된다는 것

학교를 졸업하고, 회사에 들어가고, 결혼을 준비하고, 자식을 키우고, 노후를 계획하기 위해 남들과 비슷하게 살아가야 하는 인생의 속도를 따라가기에 나의 마음은 꽤 버겁다. 벅찬 마음을 이겨내야 하는 것을 안다. 하지만 이대로 조금만 잠시 모른 척 어리광을 피우고 싶은 마음이 드는 걸 보면 아직 어른이 되려면 멀었구나 하는 생각이 든다. 아니 어쩌면, 이미 나는 충분히 행복한 어른일지도 모른다.

8 내가 생각하는 행복한 '어른'은 어떤 모습인가?

인생을 바꿔준 이야기

대학생인 나를 아껴주고 진심으로 위해주는 선배가 있었다. 나를 보면 참 곧은 소나무가 생각난다고 하셨다. 곧고 신념이 강한 모습도 좋지만, 인생을 살아가면서 갈대 같은 사람이 되는 것도 좋다는 말을 해 주셨다. 아주 강한 바람이 불었을 때, 곧은 소나무는 부러질 수 있지만 갈대는 바람에 몸을 맡기며 유연하게 살아남는다며. 나는 그렇게 유연한 사람이 되어 수많은 역경에도 부러지지 않고 무사히 살아가고 있다.

9 내가 아끼는 사람에게 해주고 싶은 인생 이야기는 무엇인가?

어둠을 두려워 말기를

너는 별이야. 자기가 빛나고 있는지 모르지만, 사실 참 예쁘게 반짝이거든. 과거, 현재, 미래를 모두 아울러 별은 항상 찬란함을, 어두운 날에는 더 빛난다는 사실을 절대 잊지 말기를.

10 자신을 닮은 별 그리기.

불안하고 흔들릴 때

불안감을 느끼는 이유가 다양하겠지만, 공통적인 원인은 스스로에게 불완전함을 느끼며 불편한 감정을 떨쳐내지 못하기 때문이라고 생각한다. 어차피 사람은 모두 불완전하다는 심심한 위로와 함께 "스스로에게 조금은 관대하고, 조금은 거침없어도 괜찮다"라는 말을 전하고 싶다. 그저 조금 부족한 것을 채워 나간다는 생각과 더불어, 이를 이루어 나갈 적당한 타협, 적당한 여유, 그리고 적당한 깡이면 충분하다. 별일 아닌 건 아니겠지만, 그렇게 큰일도 아니라고 생각했으면.

11 불안감을 떨치는 나만의 방법은 무엇인가?

단단해지기 위한 다짐

잃어버린 것을 안타까워하지 말 것. 떠나간 것에 미련 갖지 말 것. 닿지 않음에 슬퍼하지 말 것. 차가운 세상에 상처받지 말 것. 항상 다짐하지만, 내일이면 지켜지지 못할 이 다짐들을 오늘 밤 다시 한번 굳게 다짐할 것. 해낼 수 있는 '나' 자신을 꼭 믿어줄 것.

12 '단단해지기 위한 다짐' 글 전체를 나의 필체로 따라 적기.

눈물이 가득 찼을 때, 펑펑 우는 것도 방법이다.
더 이상 흐르지 않을 때까지. 비워내고,
어찌 되었든 다시 일어나면 되니까.

네가 특별한 이유

아무 생각 없이 한 낙서에도 규칙이 있는 것 같은데, 사람 마음에는 그런 게 존재하지 않는다.

13 생각 없이 1분간 정말 자유롭게 낙서하기.

감기

감기에 걸리지 않는 사람인 줄 알았다. 돌이켜보니 감기에 걸린 줄도 모르고 살았던 거였다. 다들 비슷하게 사니까 그냥 견디며 살아야 하는 건 줄 알았는데, 기껏 숨차게 뛰어보니 이제야 알겠다. 차분히 걸으며 인생의 순간을 온전히 느끼는 일이 얼마나 중요한 거였는지. 그 속의 나를 더 사랑하고 보살펴주는 일이 얼마나 필요했는지.

14 이번 주말 나 자신만을 위해 하고 싶은 일은 무엇인가?

손톱 깎기, 머리 다듬기, 나를 위한 선물하기, 푹 자기 등.

그 어떤 것도 좋다.

조금 헤매거나 늦어도 괜찮아

나는 길치다. 오늘도 어제도, 그제도 길을 헤맸다. 이런 나를 알기에 일찍 출발하는 습관이 있음에도 약속에 늦을 때가 있다. 가끔은 이런 내가 미울 때가 있지만, 길을 또 잃은 어느 날 문득 깨달았다. 만약 내가 길을 잃지 않았다면, 지금 밟고 있는 이 길은 이번 생에 밟지 못했을 수도 있는 땅이라는 것을. 내가 헤맨 이 시간이 생각보다 헛되지만은 않았다는 것을.

15 남들보다 조금 부족한 나의 단점과 극복 방법은 무엇인가?

나만의 색을 찾는 법

내 글이 '깊이 있고, 고요한 숲'과 같다고 표현해 준 사람이 있다. 그 사람은 나의 글을 읽고 동기부여가 되어 스스로 글 쓰는 연습을 시작할 것이고, '해가 지고 있는 하늘'과 같은 글을 쓰고 싶다고 말했다. 이유를 물어보니, 해가 지는 순간의 하늘은 비슷해 보일 수 있으나 단 하루도 똑같은 색을 띠지 않는다고 말했다.

아직 자기 생각을 글로 쓰지 않았을 뿐, 자신만의 특별한 색을 갖고 있는 사람임이 분명하다. 누구든 색을 보여주려면 시작하는 것이 가장 중요하다. 생각하든, 글을 쓰든, 그게 뭐든.

16 도전해 보고 싶었지만 아직 시작하지 못한 일이 있다면?
그 이유는 무엇인가?

우리들 마음에는 하나씩 있다.

크고 작은 낭만들이.

ABC

서운한 관계

서운함을 느끼는 건 네가 부족해서가 아니야. 상대보다 더 큰 마음이 있고, 그 예쁜 마음이 벅찰 뿐이지. 마음이 닿지 않아 너를 서운하게 하는 사람 옆이 아니라, "삐쳤어?"라고 무심하게 물어보는 사람 옆이 아니라, 너의 예쁜 마음과 표현을 소중히 여겨주는 사람들 속에서 행복하게 빛났으면.

17 "삐쳤어?"를 대신할 수 있을 말 세 가지는 무엇일까?

나는 완벽주의자다

만약에 그 사람이 나를 싫어하면 어쩌지? 만약에 중요한 날 실수하면 어쩌지? 만약에 실패하면 어쩌지? 만약에, 만약에. 아니 도대체 어떻게 대처하지?

그럴 리가 절대 없다. 만약은 없으니까 걱정 말고 그냥 부딪혔으면 좋겠다. 눈앞에 있는 것에 집중하고, 미래에 대한 걱정은 완벽하게 놓아주자. '완볔'이라는 오타 때문에 이 글을 싫어할 일은 절대 없으니까.

18 만약 로또 30억에 당첨되면 꼭 하고 싶은 일 세 가지를 적어보자.

그 이유는 무엇인가?

밀당보다 중요한 것

인간관계에서 밀고 당기며 감정을 소모하는 것보다 나에 대한 호감도를 높일 수 있는 확실한 방법이 있다. 나에 대한 궁금증을 높이기 위해서는 누구보다 부지런히 스스로를 발전시켜야 한다. 내가 지금보다 더 매력적이고 더 흥미로운 사람이 되면 밀고 당기지 않고도 상대를 끌어들일 수 있게 된다.

19 스스로 인정하는 나의 매력 세 가지는 무엇인가?

확대 해석

크게 잘못된 것은 없다. 정답이라는 기준은 누가 정하는지도 모른다. 더도 덜도 말고 그냥 그대로 받아들였으면 한다. 더 깊이 파고들어 생각하면 스스로를 갉아먹을 뿐이고, 생각보다 크게 받아들여야 할 것은 몇 없으니까.

20 최근 3년간, 가장 심각했던 일은 무엇인가?

마법의 단어

부정적인 생각을 지우는 단어가 있다.

'나는 꿈이 없어.'

'나는 돈이 없어.'

'나는 여자/남자 친구가 없어.'

'나는 아직 꿈이 없어.'

'나는 아직 돈이 없어.'

'나는 아직 여자/남자 친구가 없어.'

'아직'일 뿐이지 '평생'이 아니다. 오랜 기간 '여전히'가 되어서도 안 된다. 여유를 갖고 '아직' 없는 부분을 채워 가보면 어떨까.

21 '아직' 없지만 '꼭' 이루고 싶은 목표 세 가지는 무엇인가?

좇지 말아야 할 것

아버지는 말씀하셨다. 이 세상에 좇지 말아야 할 것이 세 가지가 있다고. 나비, 돈, 나를 원하지 않는 사람이나 관계. 무작정 다가가기보다는 향기로운 꽃이 되어 나비를 머무르게 하고, 좋아하는 일을 하며 돈이 자연스럽게 따라오게 하며, 지속적인 자기관리로 함께하고 싶은 사람이 되는 게 우선이라고 하셨다. 인생의 3분의 1을 살아온 현재, 그 말씀이 틀리지 않았음을 실감한다. 아버지가 말씀하신 대로 한 발짝 물러서서 크고 넓게 볼 수 있는 '여유'는 부드럽지만 강력한 무기였다.

22 열 번 찍어 안 넘어가는 나무 없다 vs

오르지 못할 나무는 쳐다보지도 마라, 둘 중 하나를 선택해보자.

선택한 이유는 무엇인가?

인생의 주인공이 되기 위해

타인과 보다 나은 관계를 위해서 아무리 노력하고 감정을 쏟더라도, 그 관계가 떠나가는 유감스러운 상황을 겪기도 한다. 하지만 '나' 자신에게 아무리 실망하는 일이 있더라도, 내가 '나'를 떠날 방법은 없다. 이 세상에 아무 조건이나 대가 없이 '나' 스스로를 평생 사랑할 수 있는 사람은 '나' 자신뿐이다. 따라서 우리는 이렇게 애틋한 스스로를 거침없이 사랑하고 아껴주어야 한다. 비록 많은 부분에서 아직 서툴고, 부족하더라도.

'나' 자신을 부정하면서 타인에게 긍정적인 평가를 바란다면 정말 지나친 욕심이다. 자기 자신을 성숙하게 사랑하는 법을 아는 사람은 타인 역시 성숙하게 사랑하고, 그들에게 사랑받는 법을 안다. 성숙한 방법으로 있는 그대로의 나를 인정하고, 존중하고, 사랑하기 위해서는 솔직하고 자세하게 자신을 알아가는 시간이 필요하다.

"괜찮아.", "아무거나….", "다들 그렇게 사는데…." 등의 말로 자신의 감정을 속이지 않았으면 한다. 느끼는 감정을 온전하게 들여다보고, 그 감정을 정성 들여 천천히 보살펴 줄 수 있는 사람은 그 누구도 아닌 자기 자신이 되어야 한다. 적어도 '나'의 삶에서는 누가 뭐라 해도 내가 가장 빛나는 주인공이 되어야 한다는 사실을 절대 잊지 않았으면 한다.

2장

관계,

결이 비슷한 사람과
함께할 수 있도록

"나와 완벽하게 맞는 사람은 없겠지만

적어도 색과 결이 비슷한 사람들,

나를 아껴주고 내 가치를 진심으로 인정하는 사람들 속에서

빛나야 마땅하다."

무조건 표현해야 하는 이유

마음속에서 자라나는 수많은 예쁜 감정들을 더 솔직하게 표현할 수 있으면 좋겠다. '사랑한다', '고맙다', '좋아한다', '보고 싶다', '미안하다', 감정이 느껴지는 매 순간, 그 진심을 가득 담아 용기를 갖고 더 마음껏, 더 자유롭게 표현했으면 한다. 눈물 날 정도로 소중한 이 감정들을 마냥 아껴 두기에는 너무 아까우니까. 솔직한 표현으로 후회 없는 날들이 되었으면.

23 지금 가장 생각나는 사람에게 전화를 걸어 무작정 "사랑한다", "보고 싶다"고 말하기. 그 반응은 어떠한가?

너는 왜 그랬을까?

'왜?'를 품고 끝나는 대화는 건강하지 못하다. 서로를 '왜?'라는 질문에 가두지 말고 이해하며 존중하는 소통이 필요하다. 소통 없이 혼자 도달하는 '왜?'에 대한 답은 대부분 부정적이기 때문에. 수많은 '왜?' 속에 갇히는 일은 생각보다 많이 아프기 때문에. 관계 속의 '왜?'는 혼자가 아니라 함께 풀어가야 하는 일이다.

24 이 책에는 '왜' 질문이 많을까?

관계가 끝나는 이유

관계 속 소중함이 채워지지 않을 때, 소중함은 곧 서운함이 된다. 서운함이 지속, 반복될 때, 관계의 끝은 찾아온다. 항상 아니길 바라지만 결국 이번에 찾아온 끝도 수많은 변명과 함께 잊어버린 소중함에서 시작되었다. 잃어버리지 않으려면 잊지 말아야 한다. 그 소중함을.

25 인간 관계에서 내가 가장 서운함을 느끼는 순간 또는 말은?

그 이유는 무엇인가?

우선순위

소중한 사람한테 더 쏟았으면 좋겠다. 그게 관심이든 정성이든. 사적인 사람과의 관계를 위해서는 꾹 참는 노력도 마다치 않으면서 정작 나의 가치를 알아주며, 내 곁을 지켜주는 사람들에게는 왜 이렇게 딱딱하고 차가운 건지. 나의 주변 관계의 우선순위를 한 번쯤 돌아봤으면 한다.

26 최근 한 달간, 소중한 사람을 가장 딱딱하게 대했던 일에 대한 반성문 써보기.

어색함이란

다수 속에 있을 때는 몰랐는데 단 둘이 남으니까 온몸으로 느껴진다. 그런데 이 감정, 싫지 않다. 아직 덜 친할 뿐이지, 친해지고 싶고 가까워지고 싶은데 혹시나 실수할까 하는 조심스러움과 배려 속에서 생기는 이 감정. '어색함'이라고 쓰고, '아직 서툰 꽤 귀여운 감정'이라 읽는다.

27 내 주변 사람 중, 유독 어색한 사람이 있다면?

그 이유는 무엇인가?

성숙한 관계는 대개 헷갈리게 하지 않아.

상대를, 그리고 스스로에게조차.

조금 더 또렷하고, 분명할 필요가 있다.

관계를 끝내는 사람

인간관계를 칼같이 놓는 사람들을 냉혈한이라고 한다. 하지만 관계를 놓는 사람이 결코 차갑다고만 생각하지 않는다. 놓기 전까지 관계를 위해 충분히 노력했을 것이고, 그 노력이 무색해지는 냉담한 대답에 체념한 것이기에. 차갑다기보다 식을 수밖에 없었다는 말이 더 어울리기에. 이 세상에 차갑기만 한 사람은 없다고 생각하기에.

28 기억나는 관계 중에 내가 놓은 사람, 나를 놓은 사람,

한 명씩 떠올려보자. 그렇게 된 이유는 무엇인가?

하루를 안아 줄게, 글에 안겨

정말 힘들 때, 힘들다고 말해도 괜찮아. 네가 과거의 시련을 딛고 용감하게 서 있듯이 현재 눈앞의 얄궂은 일들도 미래의 너를 단단하게 만들 거야. 혼자서 어려우면 손을 뻗어, 언제든 잡아줄 테니. 그러니 부디 몰아치는 역경 속에 떠밀려가지만 않았으면. 우리는 절대 혼자가 아니니까.

인스타그램 @allday_kym

29 정말 힘든데 털어놓을 곳이 없을 때,

인스타그램 @allday_kym으로 메시지 보내기.

소중함이라 불리는 사람

살아가면서 놓치지 말아야 할 사람들이 있다. 숨기고 싶은 부끄러움을 공유해도 마음이 편할 수 있는 사람, 슬프거나 행복할 때 언제나 내 곁을 지켜주는 사람, 우리의 더 나은 관계를 위해 함께 끊임없이 노력하는 사람, 서로의 인생에 자연스레 스며드는 그런 사람이다. 생각나는 사람이 있다면, 목소리가 듣고 싶었다는 이유로 전화해 보는 건 어떨까.

30 생각나는 사람과 함께 행복하고, 슬펐던 순간 하나씩 적어 보기.

사랑이라는 감정의 가치

나와 완벽하게 맞는 사람은 이 세상에 없다. 그런데도, 지금 함께하는 사람이 그렇다고 생각된다면 감사한 마음으로 한 번쯤 생각해 봐야 한다. 나를 너무 아껴주는 상대방이 나를 배려하는 건 아닐까. 나를 너무 좋아하는 상대방이 나를 맞춰주는 건 아닐까. 갑자기 찾아온 운명이 아니라 누군가의 노력이 담긴 사랑이 아닐까. 그렇게 소중한 상대방에게 나도 그런 사람이 되어보는 건 어떨까.

31 나와 가장 잘 맞는 사람이 있다면?

그 이유는 무엇인가?

놓치지 말아야 할 것

지금 내 옆에서 나를 아껴주는 사람에게 잘해야 한다. 그 사람이 바보라서 서운함을 품고 사는 게 아니다. 나라는 사람을 사랑하기 때문에 이해하는 거지. 기억했으면 좋겠다. 그 사람이 주는 사랑이 없으면 나는 그 사람 앞에서 지금처럼 빛날 수 없다는 사실을. 놓치지 않았으면 한다. 그 예쁜 마음을.

32 서운한 감정이 들어도 곁을 지키고 싶을 만큼
좋아하는 사람이 있다면? 그 이유는 무엇인가?

마음의 결이 비슷하면

한쪽에서 먼저 용기 내어 표현했을 때, 그 감정이 어색해지거나 초라해지지 않는다. 생각보다 쑥스러운 감정들을 마음껏 표현해도 되는 사이, 그 용기 있는 표현의 가치를 알아보는 그런 사이. 얼굴만 봐도 웃음꽃이 필 만큼 행복하지만, 가끔은 뜨거운 눈물도 함께 나눌 수 있는 그런 소중한 사이가 된다. 우리가 함께할 때 좋은 이유이다.

33 눈만 마주쳐도 웃음이 나는 사람이 있다면?

그 이유는 무엇인가?

마찰은 서로 원하는 것을 채울 기회이다.

단, 피하거나 무시하지 않는다면.

그런 사이

모든 사람들과 잘 지내기 위해 억지로 애쓰지 않아도 된다. 살아가면서 나와 결이 맞는 사람들을 충분히 만날 수 있기 때문이다. 존재만으로도 서로의 인생을 좀 더 의미 있게 만드는 사이, 서로를 위해 좀 더 나은 존재가 되고 싶게 하는 그런 사이. 그런 사람들, 사랑들을 만났을 때 더 집중했으면 좋겠다.

34 나는 내 주변 사람에게 어떤 존재가 되고 싶은가?

A와 B의 속마음

A: "괜찮아."

(서운함을 참다가 잊을게. 네 앞에서 말하기 어려워)

B: "안 괜찮아 보이는데?"

(괜찮다며 참고 있는 너를 보면 속상해)

A: "나만 느끼는 감정인데 뭘."

(이 서운한 감정들이 너를 지치게 할까 봐 겁나)

B: "그냥 말해줘."

(나는 우리의 관계를 위해 노력할 기회가 필요해)

우리는 모두 다르기에 생각보다 더 솔직하고 용기 있는 소통이 필요하다.

35 나는 A와 B 중에 어느 쪽을 더 닮았는가?

그 이유는 무엇인가?

부모님의 화난 말투

눈에 넣어도 아프지 않을 너에게.

다정한 부모가 되기 위해 매일 노력한단다. 하지만 나도 사람인지라 가끔 실수할 때가 있어. 내 말들이 모질고 강하게, 또 냉소적으로 들려서 상처가 되는 날도 많을 거야. 다 변명이겠지만 거칠고 치열한 세상을 사느라 너를 위해 한없이 자상한 부모가 되고 싶다는 이 마음을 말로 전하는 방법을 배울 시간, 심적 여유가 부족했어. 나의 이런 마음이 너에게 닿아 서툰 내 말들이 상처로 남지만 않았으면. 항상 미안하고, 변함없이 사랑한다.

36 부모님의 상황, 나와 부모님의 관계에 상관없이
부모님께 하고 싶은 말 적어 보기.

우리는 모두 처음이라 서툰 거다.

부모도, 자식도, 가족도, 사랑 표현도.

FIRST

사랑의 정의

세상은 이해관계로 이루어져 있다. 관계를 위해 상대의 행동, 말투, 생각만으로 판단하지 않고 어찌하여 왜 그런 사람이 되었는지 생각해 볼 수 있는 것이 '여유'이며, 혼자를 택해 자신만의 세상에 벽을 치고 살아가는 사람은 얼마나 여유가 없을지 생각해 볼 수 있는 것이 '관심'이고, 그 관심을 선뜻 받아들이지 못해 벽을 넘어 밖으로 나오지 못하는 것은 '두려움'이고, 그 두려움을 이기게 하는 것이 바로 '사랑'이다.

37 내가 가장 두려워하는 것이 있다면?

그 이유는 무엇인가?

절대 상처받지 말 것

너를 잘 알지 못하는 사람들로부터 절대 상처받지 않았으면 해. 다름을 존중하지 못하는 미성숙한 감정들에 귀 기울이지 말고, 너를 아껴주는 사람들의 사랑 속에서 줄곧 예쁘게 빛났으면 좋겠어. 그 사랑 속에서 너는 무엇보다 소중하니까.

38 최근에 가장 나를 기분 좋게 해준 말이 있다면?

그 이유는 무엇인가?

잘나가면 외로워지는 이유

여느 사람들은 나보다 불행하고 안타까운 상황을 마주하면 연민이나 동정이라는 감정을, 반대로, 나보다 잘나서 부러운 상황을 마주하면 시기나 질투를 느낀다. 내가 잘해 왔고, 잘 해내고 있음에도 외롭다고 느껴진다면 한 번쯤 고민해 보면 좋겠다. 어설픈 허풍에 대한 대답으로 시기와 질투를 받는 대신, 진정 어느 분야에서 빛을 내며 긍정적인 영향을 끼칠 수 있는 동경의 대상이 될 방법에 대하여.

39 나의 롤모델이 있다면?

그 이유는 무엇인가?

밥 먹듯이 관계를 맺어라

사람과의 관계 맺음을 밥 먹듯이 경험했으면 좋겠다. 배탈이 날까 두려워 식사를 거르지 않듯, 상처받을까 두려워 관계 맺음을 주저하지 않았으면 한다. 다양한 음식을 먹어보며 내 입맛을 알아가는 것처럼 다양한 사람을 만나면서 나와 색과 결이 비슷한 사람을 찾을 수 있기를 바라며.

40 내가 가장 좋아하는 음식이 있다면? 그 이유는 무엇인가?

내가 가장 좋아하는 사람이 있다면? 그 이유는 무엇인가?

후회 없는 관계를 위해

보석과 별은 자기가 빛난다고 말하지 않아도 사람들이 그 가치와 아름다움을 인정한다. 우리는 당연하게도 보석이나 별보다 더 가치 있는 존재이며, 그런 우리의 가치를 몰라주는 사람들로부터 절대 상처받거나 힘들어서는 안 된다. 나와 완벽하게 맞는 사람은 없겠지만 적어도 색과 결이 비슷한 사람들, 나를 아껴주고 내 가치를 진심으로 인정하는 사람들 속에서 빛나야 마땅하다.

지금 당장 내 곁에 나를 아껴주는 사람이 없다는 이유로 나를 소중히 여기지 않는 사람과의 관계를 좋게 유지하기 위해 억지로 애쓰지 말자. 더 좋은 관계를 만들기 위해 서로 노력하는 사이가 되어야지, 한쪽에서 희생하는 관계는 결코 건강할 수 없다. 살아가면서 존재만으로도 서로의 인생을 의미 있게 만들고, 더 나은 존재가 되고 싶게 하는 그런 사람들, 사랑들을 충분히 만날 수 있다. 그때, 그 관계에 더 온전히 아낌없이 집중하면 된다.

지키고 싶은 관계가 생겼을 때는 상대에게 내가 느끼는 예쁘고 애틋한 감정들을 후회 없이 마음껏 표현하는 연습을 하자. 내가 상대에게 소중한 사람이 되고 싶은 만큼, 상대도 나를 통해 소중한 사람이라는 것을 느낄 수 있도록 감정을 잔뜩 쏟기를 바란다. 설령 그 관계의 끝이 슬픔이라 하더라도, 내가 지키고 싶었던 소중한 관계에 후회가 남지 않도록.

3장

삶,

행복의 기준을 찾아 누릴 수 있도록

"심장이 뛰는 일에 끊임없이 부딪혔으면 좋겠다.
어차피 인생은 처음이고, 처음이라는 핑계로
우리는 마음껏 서툴러도 괜찮다."

후회해도 괜찮은 이유

조금만 더 노력하고, 참고, 신중할 것을. 그렇게 후회하곤 한다. 깊이 후회해도 괜찮다. 다시 돌이킬 수 없고, 너무 늦었다는 사실을 가슴속에 강하게 새겨 온전히 후회했으면 한다. 진심으로 후회한다는 것은 보다 나은 사람이 되고 싶다는, 될 거라는 의지가 있는 것이고 그것으로 충분하다. 그런 깊이 있는 후회는 우리를 성장하게 할 테니까.

41 지금까지 살면서 가장 후회했던 일이 있다면?

그 일을 통해 배운 점은 무엇인가?

가끔이라는 위로

가끔, 아주 가끔 견디기 어려울 만큼 버거워지는 마음과 짐을 내려놓고 싶을 때가 있다. 그럴 때는 그 누구의 눈치도 보지 말고, 목 놓아 우는 길 잃은 아이처럼 마주한 슬픔을 온전히 느껴보자. 속 시원하게 펑펑 운 뒤 머쓱한 웃음이 날 때, 눈물은 닦으면 되고 잃은 길은 다시 찾으면 된다. 매일이 아니라 가끔이니까.

42 요즘 가장 견디기 힘들거나 버거운 일이 있다면 적어보자.

그 이유는 무엇인가?

꿈과 현실의 법칙

간절히 바라던 꿈들이 현실이 될 때, 숨길 수 없는 행복감이 심장을 스치고 기분 좋은 심장박동 소리는 온몸으로 퍼져 나간다. 또한 벅차오르는 행복이 심장을 휘감으며 기분 좋은 심장박동 소리가 온몸에 퍼질 때마다, 간절한 꿈들은 반드시 현실이 된다. 꿈과 현실, 현실과 꿈의 경계. 우리는 꿈을 꾸고 그 꿈을 현실로 이루어 행복감을 느끼기 위해 살아간다.

43 정말 간절해서 현실로 이루고 싶은 꿈이 있다면 적어보자.

그 이유는 무엇인가?

비와 그리움

비가 오면 괜히 짙어진다. 흙냄새도, 먹구름도, 그리움이라는 감정도. 비를 너무나도 싫어하던 사람이 비 맞던 날을 문득 곱씹어 보는 것, 그런 게 그리움이 아닐까. 이상하게도, 기억은 곱씹을 때마다 '그리움', '추억'이라는 이름으로 아름다워진다.

44 유쾌한 기억은 아니지만

이상하게도 종종 생각나는 추억은 무엇인가?

왜 다 그렇게 어렵고 복잡해야만 해.

조금 쉽게 생각하고 내려놓는 건 어떨까.

가끔은 이성보다 감성에 맡겨도 괜찮아.

안녕, 나의 소중한 순간

마지막은 대개 아쉬움이라는 애석한 마음을 남긴다. 마음이 컸던 만큼 그 마지막에 느낄 감정은 깊고, 조금은 감당하기 벅찰 것이다. 이를 맞이하기까지 최선을 다했을 테니, 누구보다 속상한 자신의 마음을 자세히, 그리고 소중하게 다독여주기를 바란다. 다음이 허락된다면 그때 더 잘하면 되니까.

45 가장 기억에 오래 남는 마지막 순간은 언제인가?

행복을 위해 부지런할 것

우리 인생의 미래는 예측 불가한 것들로 가득하다는 사실을 꼭 기억했으면 한다. 당연하다고 생각되는 '내일'이 없을지도 모르는데, 왜 자꾸 행복을 미루는 거야. 지금 해.

46 내일이 없다면, 지금 누구에게 어떤 말을 하고 싶은가?

차가운 사람은 사실

외로움, 슬픔, 동정이라는 감정을 느끼지 못하는 것이 아니라, 베어도 생채기 하나 만들지 못하는 칼날처럼 무디어진 것이다. 견뎌왔던 시간이 길고 품어왔던 아픔이 많아, 누구에게 속 시원하게 기대본 적 없이 혼자서 앞길을 밝혀 왔기에. 걷다 보면 그 길에 따스한 햇볕이 비칠 것이라는 믿음으로.

47 아무에게도 말하지 못했던 나의 아픔은 무엇인가?

행복을 누려야 하는 이유

행복에도 연습이 필요하다. 벚꽃이 피고 지기 전에 꽃놀이를 가고, 장미가 피고 시들기 전에 사진으로 남기고, 단풍이 피고 떨어지기 전에 책갈피를 만들고, 흰 눈이 내리고 녹기 전에 눈사람을 만들 듯이. 주어진 시간과 환경 안에서 여유를 찾고 내 심장이 뛰는 일을 하며 행복을 느껴야 한다.

꽃놀이를 가고, 사진을 찍고, 책갈피를 만들고, 눈사람을 만드는 것이 행복한 일인 줄 아는 사람은 그 행복을 이미 느껴봤고, 다음 해에도 같은 행복을 다시 누리기 위해 살아가기 때문이다.

48 봄, 여름, 가을, 겨울, 계절별로 내가 좋아하는 일이 있다면?
그 이유는 무엇인가?

달아, 가끔은

달이 어둠을 밝혀줄 만큼 빛난다고 해서 항상 따뜻한 것은 아니다. 달아. 온기가 필요할 때, 가끔은 안겨도 괜찮아. 차가움만으로도 아름다울 수는 있지만, 따뜻함이 없이는 행복하기 어려우니까.

49 지금 당장 안아주고 싶은 사람이 있다면?

그 이유는 무엇인가?

잔뜩

평소에 생각 없이 사용하던 말이었지만, 뜻을 알고 나니 그 의미가 깊어 좋아하게 된 단어가 있다. 잔뜩 안아줘. 잔뜩 고마워. 잔뜩 사랑해. 잔뜩 보고 싶어. '잔뜩'은 '주어진 한계를 넘을 만큼 가득히', '더할 수 없이 한껏'이라는 뜻을 가진 잔뜩 설레는 기분 좋은 단어이다.

50 내가 가장 좋아하는 단어가 있다면?

그 이유는 무엇인가?

한 시간 뒤에 지구가 멸망한다고 하면,
과연 누구에게 어떤 말을 하고 싶을까.
그 이야기를 미루고 아껴 두는 이유는 무엇일까.

소나기

쏟아진다. 감히 감당할 수 없을 만큼, 마치 세상을 잃은 비통한 누군가의 눈물처럼 많이. '기다릴까, 뚫어볼까?' 언제까지 멈춰 있을 수 없기에 뛰어본다. 온몸이 젖어 목적지에 도착해서 뒤를 돌아보니 멈춘 소나기와 맑아지는 하늘이 보인다. 이렇게 금방 멈출 거였으면, 지나갈 거였으면 그렇게 험하지 말지.

51 온몸이 젖을 만큼 비를 맞은 날 중에서

가장 기억에 남는 순간과 그 이유는 무엇인가?

추위 극복 마법

싫어하는 것을 기다리게 되는 특별한 마법이 있다. 내가 싫어하는 것에 좋아하는 요소를 넣는 것이다. 추위에 약한 나는 겨울을 싫어하지만, 내가 좋아하는 딸기라는 요소 덕분에 겨울이 오기를 기다린다.

52 내가 싫어하는 것은 무엇인가?

싫어하는 것을 좋아할 수 있게 하는 요소를 생각해서 적어 보기.

가을 타는 이유

가을 공기가 있다. 하염없이 걷던 발걸음을 멈추게 하고, 평소 그냥 지나치던 주변을 돌아보게 하며, 한동안 잔잔하던 마음을 흔들어 놓는 그런 공기.

53 작년 가을 내가 이룬 최대 업적이 있다면? 그 이유는 무엇인가?

밥을 세 공기 먹은 것도, 새로운 취미를 시작한 것도,

누군가에게 도움을 준 것도. 그 어떤 것도 좋다.

고마운 비

애틋한 심장 소리를 숨겨주고, 멈추지 않는 눈물을 감춰줘서 고마워.

54 기억에 남을 만큼 펑펑 운 날과 그 이유는 무엇인가?

수준을 낮추는 말

사람의 수준을 한참 낮추는 말이 있다. 바로 '~나 하지'라는 표현이다. '고마워나 하지', '미안해나 하지', '좋아하기나 하지', '사랑하기나 하지', 아무리 예쁜 말과 함께 사용해도 표현의 수준을 낮추는 그런 말.

55 내가 알고 있는 가장 예쁜 문장이 있다면?

그 이유는 무엇인가?

자문자답

"오늘은 행복한 날이었습니까?"

"언제, 어디서, 누구와 얼마나, 어떻게, 왜 행복했습니까?"

"그 행복은 내일도 곁에 있습니까?"

56 오늘이 행복하지 않았다면,

그 이유는 무엇인가?

억척스러움

뭐든 억척스럽게 임해야 한다고 생각했다. 사랑도, 일도, 관계도. 하지만 그게 정답만은 아니라는 것을 깨달았다. 세상은 나의 억세고 질긴 간절함보다 편안한 여유와 밝은 웃음을 더 좋아하기 때문이다.

57 활짝 웃고 있는 내 모습 그려보기.

운명은 원래 믿으라고 있는 것이다.

그래서 내가 믿고자 하면 그것이 운명이 되고,

용기를 조금만 내면 인생이 달라질 수 있다.

낭만이란

낭만의 사전적 의미는 '현실에 매이지 않고 감상적이고 이상적으로 대상을 파악하는 심리적 상태, 또는 그런 분위기. 혹은 그렇게 하여 파악된 세계'이다.

사람과 사랑은 현실에 있는 단어로 간결하게 설명할 수 없으며, 이 세상 그 무엇보다 감성적이고, 이상적이다. 나는 낭만을 '사랑과 존중이 있는 곳에서 사람과 사람이 만나 서로의 눈을 쳐다보며 교감하는 일'이라고 정의한다.

58 내가 생각하는 낭만과 그 이유는 무엇인가?

이상적인 하루

좋은 사람을 만나 시간을 보내고 느끼는 만족감은 집으로 향하는 아쉬운 마음에 깃든다. 의미 있는 하루를 보내고 느끼는 뿌듯함은 잠들기 전 입가의 잔잔한 미소에 깃든다.

아침에 눈을 뜨고 거울 앞에 선 내 입가의 잔잔한 미소와 집을 나서는 길의 마음가짐은 그날에 만날 좋은 사람들과 의미 있는 하루에 깃든다.

59 나만의 징크스가 있다면?

그 이유는 무엇인가?

아쉽게 되었다

살다 보면 계획한 대로 이루어지지 않는 일들이 생기는 시기가 찾아오기도 한다. 그런 상황마다 스스로를 자책하며 부정적인 감정을 느끼기보다는 '아쉽게 되었다.'라는 생각으로 마음에 위로를 주자. 무언가 크게 잘못된 것이 아니라 그저 내 것이, 내 사람이, 내가 갈 길이 아니었다고 여유 있게 넘겨보자. 얼마나 더 좋은 것이, 좋은 사람이, 좋은 길이 기다리고 있는지는 아무도 모르는 일이니까.

60 살면서 가장 아쉬웠던 순간과 그 이유는 무엇인가?

확신

내가 만나는 사람에, 하는 일에, 뱉는 말에 확신을 가졌으면 좋겠다. 그 확신이 없으면 스스로를 우습게 여기는 일이 된다. 자기가 선택한 것들에 대한 가치를 충분히 인정해야 타인에게도 인정받을 수 있다. '확신'은 아주 간단한 방법으로 자신감이라는 매력을 만들 수 있다는 사실을 꼭 기억했으면 좋겠다.

61 내가 가장 좋아하는 사람의 장점 세 가지를 적어보자.

그 이유는 무엇인가?

뜬구름을 잡아야 하는 이유

뜬구름을 잡는다는 말은 '막연하거나 허황된 꿈을 좇는다'는 뜻이다. 보통 부정적인 의미로 쓰이는 말이지만 나에게는 그렇지 않다. 그게 뭐든 좇아봤기에 의미가 있을뿐더러, 좇아봤기에 그게 정말 잡히지 않는다는 사실 또한 깨달을 수 있기 때문이다. 해보지 않으면 모른다. 구름은 실제로 잡을 수 없다는 사실도, 그게 구름이 아니라 달콤한 솜사탕이었다는 사실도.

62 살면서 우연히 들어온 행운은 무엇인가?

서툴지만 설레기 위해

인생은 심장이 뛰는 일, 우리가 행복이라 부르는 감정에 대해 스스로 만족할 수 있는 기준을 천천히 찾아가고, 마침내 찾아낸 그 행복을 아낌없이 꽉 채워 누리는 것이라고 생각한다. 모든 일이 그렇듯이 추상적으로 들릴 수 있는 '행복의 기준'을 찾아가는 길이 쉽지는 않겠지만, 마음먹기에 따라 충분히 해낼 수 있다.

자신이 행복을 느끼는 순간을 찾기 위해 새로운 것에 대한 용기 있는 도전을 해야 한다. 목표를 선정하고 우선순위를 세우기 위해 현명한 선택들이 필요하며, 그 과정에서 돌이킬 수 없는 실수를 하여 후회하는 날이 생길 수도 있다. 그로 인해 모든 걸 내려놓고 아이처럼 펑펑 울게 되는 날이 올 수도 있다. 그럼에도 불구하고, 아직 두근거리지 못하는 인생이라면, 생각만 해도 웃음이 나는 행복한 일을 마음껏 꿈꾸었으면 한다. 왜냐하면 어차피 인생은 처음이고, 처음이라는 핑계로 우리는 마음껏 서툴러도 괜찮기 때문이다.

뼈저리게 후회하는 날이 있다면, 더 깊이 후회하고 성장하면 된다. 힘들어 무너지는 날이 있다면, 펑펑 울어버리고 눈물은 닦으면 된다. 정신없이 달려가다 길을 잃은 날이 있다면, 길을 잃은 김에 푹 쉬고 잃은 길은 다시 찾으면 된다. 서툴기에 불확실할 수밖에 없고, 그래서 설렐 수 있는 것이 지금 우리가 살고 있는 인생이니까.

4장

사랑,

그럼에도 불구하고, 사랑할 수 있도록

"보고 싶다."

"시간이 멈췄으면 좋겠다."

"그럼에도 불구하고 사랑한다."

"주는 만큼 받고 싶다."

"사랑받지 못해 속상하다."

"외롭다. 초라한 눈물이 쏟아진다."

"더 이상 울고 싶지 않다."

서서히 그리고 깊게

아주 서서히 너에 대해 배워간다. 네가 좋아하고, 싫어하는 것에 대해. 아주 깊게 너와 나는 닮아간다. 너와 내가 서로를 배려하고 맞춰주는 만큼. 서서히, 깊게 우리는 사랑한다. 애틋한 우리 사랑의 한 장면도 놓치고 싶지 않기에.

63 사랑이란 감정을 인지했던 가장 아름답던 장면이 있다면?

그 이유는 무엇인가?

좋아한다 vs 사랑한다

좋아하는 것과 사랑하는 것의 차이는 단순하다.

"그래서 좋아한다."

"그럼에도 불구하고 사랑한다."

"그렇다면 더 이상 좋아하지 않을 수 있다."

"그럼에도 불구하고 사랑하지 않을 수 없다."

"더 이상 좋아하지 않는다."

"그럼에도 불구하고 사랑한다."

마음을 멈추게 할 조건이 없는 것을 사랑이라 한다.

64 내가 생각하는 사랑이란?

왜 그것이 사랑이라 생각하는가?

사랑에 빠지면

그냥 그 모습 자체로, 특별한 이유 없이도 가슴 벅찰 만큼 귀하고 소중한 것들이 있다. 예를 들면, 뭐 '너'라든가.

65 이유 없이 사랑할 수 있는 것이 있다면?

그 이유는 무엇인가?

탄수화물과 너의 공통점

너를 한 단어로 표현한다면 '탄수화물'이라 하고 싶어. 이 세상 아무리 값진 단백질과 지방을 섭취해도 생각날 수밖에 없고, 하루 세 끼 중 한 끼만 걸러도 우울해지고, 영영 내 곁에 없다고 생각하면 너무 슬프고 절망적이기에. 이렇게 오늘도 쌀밥 두 공기.

66 가장 사랑하는 사람을 한 단어로 표현한다면?

그 이유는 무엇인가?

짝사랑

그대와 내 마음 사이에 흰 리시안셔스가 피기를 바랐다. 운무 속에 서툰 사랑은 마지막이라는 서글픔과 함께 음조가 불규칙하지만 강렬하고 애틋한 가락으로 남아버렸다.

67 흰 리시안셔스의 꽃말은 무엇일까?

관계라는 노력

그저 자신을 일방적으로 품어줄 관용을 원하는 것인지, 서로의 성장을 위한 현명하고 건강한 관계를 원하는 것인지 생각해 볼 필요가 있다. 원하는 관계가 무엇인지 명확히 말할 수 있어야 한다. 관계를 위해 받기보다는 줄 수 있는 방법을 찾고, 관계를 통해 서로가 어떤 것을 느끼고 배울지 고민할 수 있게 되면, 그때쯤 시작되지 않을까. 성숙한 사랑이.

68 나와 사랑을 하면 상대가 배울 수 있는 것이 있을까?

있다면 그 이유는 무엇인가?

이 서툰 마음이 너에게 닿았으면

누가 끝을 알고 만나. 끝이 아닐 거라 간절하고 애틋하게 바라면서 만나는 거지. 끝이 있다고 해도 그 순간까지 함께하고 싶으니까 지키는 거지. 끝이라는 사실을 어떻게 해서든 바꾸기 위해 노력하는 거지.

69 끝이 보이는 사랑을 경험한 적 있는가?

끝이 보였던 이유는 무엇인가?

꽃이 좋아 함께하려면 물을 줘야지.

햇빛도, 관심도, 사랑도. 시들어버리지 않게.

설렘의 단내

이 설렘 속의 단내가 초콜릿에서 나는 건지, 초콜릿을 들고 내 앞에 서 있는 너에게서 나는 건지, 아니면 우리가 눈을 맞추고 있어서 그런 건지.

70 살면서 가장 설렜던 순간이 있다면?

그 이유는 무엇인가?

너를 사랑하고 사랑해

저 별에 대해 자세히 알기 때문이 아니라 그냥 별이라는 이유로 좋아하는 거야. 너도 마찬가지야. 그냥 너라는 사람을 이유 없이 사랑하고, 사랑해. 가만히 얼굴만 보고 있어도 간지럽고 웃음이 나. 너와 함께라는 사실만으로도 행복하고, 아주 소중해. 너는 그냥 지금처럼 그렇게 빛나주면 돼.

71 생각나는 사람에게 "너를 사랑하고 사랑해"라고 꼭 말해보기.

그 반응이 어떠한가?

제목 벚꽃. 아니 첫사랑

너만의 계절 속에서 참 아름답구나. 찰나의 찬란함이 더 아름답게 하는구나. 금세 사라지니 더 애틋하구나.

72 내가 생각하는 첫사랑의 정의가 있다면?
그 이유는 무엇인가?

싱숭생숭

아직은 시원한 바람과 따뜻한 햇볕이 쏟아지는 어느 벚나무 밑 그늘에 앉아 오색 빛깔 솜사탕을 먹듯. 끝없이 흐르는 폭포의 경쾌한 소리 속에 묻혀, 은은히 풍기는 아카시아 향을 맡으며 차가운 계곡물에 발을 담그고 지나가는 물고기들의 흔적을 느끼듯.

알고 있는 단어로는 설명되지 않을 형형색색의 단풍잎들로 물든 뒷산을 배경으로 가장 좋아하는 책을 한 장 한 장 넘기며 보듯. 집 문을 열자, 그 누구의 지나간 흔적조차 찾아볼 수 없는 하얗고 깨끗한 눈밭에 깔끔한 발자국을 만들며 걷다 만난 따뜻한 너의 미소를 보듯이.

73 돌아오는 겨울 첫눈을 함께 맞고 싶은 사람이 있다면?

그 이유는 무엇인가?

사랑하는 법

감정 표현에 참으로 서툴렀다. 사랑을 주고받을지 모른다고 생각했던 내가 사랑하는 법을 알게 된 줄 알았지만, 그저 너라는 이유로 사랑할 수 있었던 거였다. 사랑이라는 감정은 배운다고 되는 것이 아니었을지도 모른다.

74 사랑은 배우는 것이다 vs 사랑은 배운다고 되는 것이 아니다,

둘 중 하나를 선택해보자. 선택한 이유는 무엇인가?

서툰 이별

감정의 시계가 멈춘 것이지, 사랑이 아니었던 것은 아니다. 그저 마음의 결이, 표현의 방식이 달랐던 거다. '그게 사랑이 아니었다'라고 점을 찍어 버리기에는 생각보다 찬란한 순간들이었음이 분명하기에. 그저 다름을 인정하기에 조금 어렸던 것뿐이다.

75 이별한 연인에게 꼭 듣고 싶은 말이 있다면?

그 이유는 무엇인가?

아프지만 끝내야 하는 관계

아프지만 그만두어야 하는 관계가 있다. 나를 끊임없이 불안하게 만드는 관계이다. 서로를 존중하고 소중히 여기는 마음이 있는 관계에서는 상대를 절대 불안하게 두지 않는다. 절대 그 불안함 속에서 외롭게 두지 않는다.

76 관계에서 내가 불안함을 느끼는 순간이 있다면?

그 이유는 무엇인가?

다른 이의 말에 쉽게 휘둘리지 마.

그 사람에 대해서는 네가 가장 잘 알잖아.

그 사람은 타인이 될 수도, 자신이 될 수도 있다.

우리는 이것을 '신뢰', '믿음'이라 부른다.

놓지 못하는 사람

'더 이상 기다리지 않는다. 생각하지 않는다.' 내가 놓으면 끝나버릴 관계임을 깨닫고 놓으려는 준비를 마쳤을 때, 걱정 없이 해맑게 웃는 너의 모습에 너를 놓는 일은 다음으로 미뤄진다. 조금은 외로운 밤이 지나고 꽤 포근한 아침을 마주할 때, 여전히 싱그럽게 웃을 너의 옆에 내가 함께 있기를 바라며.

77 사랑하지만 헤어진다 vs 사랑이 부족하니까 헤어지는 거다,

둘 중 하나를 선택해보자. 선택한 이유는 무엇인가?

초와 불

초에 불이 붙은 순간은 어둠을 밝히는 설렘의 시작이었다. 초의 불은 그 무엇과도 견줄 수 없이 아름답게 일렁였다. 가끔은 짓궂은 바람에 흔들리고 모자란 산소에 꺼질 뻔도 했지만, 심지의 불은 다시금 곧게 타올랐다.

하지만 얼마 못 가 심지의 불은 꺼지고 말았다. 불은 초가 줄어들고 있는지도 모른 채 초를 태웠기 때문이다. 불은 더 이상 태울 것이 없는 초와 함께 사라졌으며 어둠 속에 촛농만을 남겼다. 초와 불이 함께 빛을 내던 순간을 흘려보내지 않으려는 듯, 촛농은 멀리 흐르지 않고, 빛이 나던 그 주변에 잔잔히 굳어버렸다.

초가 자신의 희생을 다정하게 말해 주었다면, 불이 초의 희생을 일찌감치 알아차렸다면, 그 빛이 그렇게 쉽게 어둠 속에 잠기진 않았을 텐데.

78 사랑하는 사람을 위해 내가 배려하고 있는 것이 있다면?

배려하는 이유는 무엇인가?

이별의 순간

어쩌면 우리는 이미 오래전에 헤어졌던 것일지도 모른다. 다만 그 사실을 받아들일 수 없어서, 그 사람이 없는 인생을 생각하고 싶지 않아서, 악착같이, 서툰 눈물을 흘리며 외면하고 있던 것이다.

79 관계에서 이별을 다짐하는 순간이 있다면?

그 이유는 무엇인가?

사랑의 끝에서

욕심부리지 않겠다고 다짐했지만, 사람이기에 사랑을 받고 싶다는 마음이 생겼다. 매 순간 서툴지만, 애틋한 나의 간절한 마음이 너의 간헐적인 차가움 앞에서 초라한 눈물로 변하는 게 아팠다. 그럼에도 불구하고, 너는 나에게 지울 방법이 없는 책머리에 새겨진 이름이 되었다. 그러나 단 한 번도 나의 부재를 궁금해하지 않는 것을 보면 나는 너에게 그저 흐르는 눈물에 깨끗하게 씻겨 나가 버린 사랑, 아니 사람이었을지도 모른다.

80 잊히지 않는 사람이 있다면?

그 이유는 무엇인가?

헤어지는 이유

너를 만나면서 외롭다고 느끼는 감정에 매번 속상했어. 그럼에도 용기 내어 표현했지만, 내 말에 보인 너의 태도는 나를 더 외롭게 했고, 사랑하는 사람으로부터 더 이상 속상하지 않을 방법이 나에게는 이별이었던 거지.

81 사랑했던 사람에게 용기 내어 한마디 할 수 있다면?

그 말을 하고 싶은 이유는 무엇인가?

이별이 힘든 이유

여전히 상대를 향해 자라나는 사랑을 악착같이 막아야 하기 때문이다. 아직 색이 또렷한 수많은 기억에 동요하는 마음을 멈춰야 하기 때문이다. 무엇이든 함께 나눴지만, 이제는 이 아픈 일들을 혼자 해내야 하기 때문이다. 많이 힘든 거 아는데 잘 먹고, 잘 잤으면.

82 이별 후, 가장 힘들었던 순간이 있다면?

그 이유는 무엇인가?

무기가 되어서는 안 된다

이별 통보가 절대로 무기가 되어서는 안 된다. 감정적이거나 가벼워서도 안 된다. 그 무겁고 어려운 말에 책임질 수 있어야 한다. 이별 통보를 했음에도 불구하고 내 옆을 지켜주기를 바라는 마음은 드라마, 영화에 나오는 이야기일 뿐이다. 일반적인 인생에 대입해서는 안 된다. 누군가에게는 감정적이며 가벼운 말이 될 수 있겠지만, 누군가에게는 돌이킬 수 없는 아픔이 되기 때문이다. 이별 통보를 받은 사람은 상대의 부재를 느끼는 마음보다 사랑한 만큼 상처가 더 깊을 뿐이란 말이다. 사랑했다면 부디 이별을 입 밖으로 내기 전에 수백 번은 신중하기를 바라며.

83 이별을 통보하고 후회한 적이 있는가?

그 이유는 무엇인가?

사랑의 색

사랑의 색과 결이 달랐다고 해서 우리가 사랑하지 않았던 것은 아니다. 그저 우리는 우리의 가치를 더 인정받고, 사랑받고 싶었을 뿐이다.

84 '이런 점까지 사랑받고 싶다'고 생각하는 나의 모습과 그 이유는 무엇인가?

이별하는 방법

이별 극복의 첫 단계는 인정이다. 그 사람이 다시 돌아오지 않을 것이라는, 나는 이제 더 이상 그 사람 앞에서 빛날 수 없게 되었다는 사실을 실낱같은 기대 하나 없이 인정하는 것에서부터 비로소 시작된다. 이별은 이렇게 해야 한다. 독하고 눈물겹게.

85 나만의 이별 극복 방법은 무엇인가?

너는 어디쯤이니

네가 바라던 사람이 되었는데 너는 어디쯤이니. 서로가 원하는 것에 욕심만 부리던 우리였어. 한 발짝 물러서기가 어려웠는지 못된 자존심만 가득했지. 생각해 보니 어려운 일은 아니었던 것 같아. 오히려 이제야 꽤 괜찮은 사람이 된 우리가 다른 사람 옆에 있게 된다는 사실을 받아들이는 게 더 어려운 거 같아.

86 사랑해도 내가 절대 양보하지 못하는 것이 있다면?

그 이유는 무엇인가?

찐 사랑이 잊히지 않는 이유

정말 사랑했던 사람은 시간이 지나도 잊히지 않고 생각난다. 시간이 지남에 따라 그 사람에 대한 마음이 사라지는 게 아니라, 이별하던 순간을 기점으로 상대에 대한 마음이 더 이상 커지지 않는 것뿐이다. 사랑을 다른 사랑으로 극복한다는 말은 이전의 사랑보다 더 사랑할 수 있을 때 적용되는 말이다.

87 찐 사랑에게 편지 써보기.

사랑은 표현해야 한다

내 눈앞에 있는 사람이 존재만으로도 감사하다고, 이 사람과 함께하는 1분 1초가 행복하다고, 이 사람과 쌓아가는 추억들이 소중하다고, 표현에 서툴지만, 넘치는 이 마음을 숨길 수 없다고. 사랑이라는 이 마음이 너에게 닿아 내 옆에 줄곧 있어 주면 좋겠다고.

88 내가 알고 있는 가장 예쁜 사랑의 표현이 있다면?

그 이유는 무엇인가?

이런 사람을 만나라_final_최종_이게 진짜

'고맙다, 사랑한다, 미안하다, 보고 싶다.' 감정 표현을 잘해 주는 사람. 다른 이에게는 몰라도 네 앞에서는 자존심을 부리지 않는 사람. 네 인생에 긍정적인 영향을 끼치는 사람. 누구나 하나쯤 있는 아픔이지만, 네 아픔을 온전히 이해하는 사람. 대화가 잘 통하는 사람, 대화를 나누려는 사람. 이성 문제로 불안하게 하지 않는 사람. 물질이든 마음이든 받는 만큼 베풀 줄 아는 사람, 상황이 허락되지 않더라도 베풀려고 노력하는 사람. 함께 구체적인 미래를 그릴 수 있는 사람. 네 마음과 진심을 초라하게 만들지 않는 사람.

89 사랑을 하면서 나는 어떤 사람이 되고 싶은가?

재회해도 괜찮을 때

이별의 마지막을 납득하지 못하고 감정적으로 상대가 그리워서 하는 재회는 추천하지 않는다. 다만, 이별을 이성적으로 감당할 수 있을 때는 재회를 고려해도 좋다. 이별의 이유를 품어줄 수 있는 새로운 사람을 만나는 것보다, 이별의 결정적인 이유를 개선하여 헤어진 연인과 보다 나은 관계를 형성할 수 있다는 생각이 들 때 용기 내라는 말이다. 다르게 살아온 사람들의 사랑에는 어느 정도 맞춰가는 과정이 필요하며, 그 과정 중 하나가 이별과 재회일 수도 있기 때문이다.

90 재회하면 안 된다 vs 재회해도 괜찮다,

둘 중 하나를 선택해보자. 선택한 이유는 무엇인가?

성숙한 사랑을 위해

눈을 뗄 수 없다. 시도 때도 없이 생각난다. 서로의 심장 뛰는 소리가 귀에 들린다. 지금 이 순간, 시간이 멈췄으면 좋겠다. 그럼에도 불구하고 사랑한다. 사랑하는 만큼 사랑받고 싶다. 더 이상 사랑받지 못해 속상하다. 함께 있어도 외롭다. 가슴 깊은 곳에서부터 초라한 눈물이 쏟아진다. 그 사람, 사랑 때문에 더 이상 울고 싶지 않다.

만남이 있으면 헤어짐이 있다는 말처럼, 어느 한 사랑이 아픔으로 남을 수도 있겠지만 내 마음속에 피어나는 '사랑'이라는 감정을 느끼는 순간마다 더 자주 후회 없이 표현했으면 좋겠다. 사랑의 끝이 슬픈 눈물이라고 해서 내가 사랑하지 않았다고 부정하지 않았으면 한다.

사랑의 결이, 색이 달랐던 것이지, 사랑이 아니었던 것은 아니니까. 누군가를 깊이 있고 진하게 사랑했다는 그 감정은 누가 뭐라 해도 아주 예쁘고 소중한 거니까.

사랑과 이별을 통해서 우리는 성장하고, 똑같은 실수로 관계를 끝내지 않는 사람이 된다. 그런 사람이 되었을 때, 내가 마음을 품고 있는 상대에게 어떤 긍정적인 영향을 끼칠 수 있는지, 상대로부터 어떤 긍정적인 영향을 받을 수 있는지 고민할 수 있게 될 때, 우리는 성숙한 사랑을 하게 된다. 성숙하다고 여겨지는 사랑은 칭얼거림이나 일방적인 바람으로 이루어진 '받음'이 아니라 서로를 배려하고 존중하는 '공유'이다.

백마 탄 왕자님이, 숲속의 공주가 따로 있는 게 아니다. 내가 하는 사랑의 표현이 상대에게 전달될 때, 상대의 마음이 나에게 닿을 때 통하는 것이다. 일방적이거나 치우치지 않으며, 서로의 다름을 존중하고 다름으로부터 오는 서운함을 줄여가고, 성향이 다르지만 같은 방향을 향해 나아가며, 얼굴만 봐도 웃음꽃이 피고, 이 모든 것이 충족되지 않음에도 불구하고 내가 한없이 마음을 줄 수 있는 사람을 만나는 것. 추상적이기에 어렵지만, 그게 바로 우리가 바라는 사랑이 아닐까.